Marie-Christine Dauner
Orsola Damiani

Madame PROUT

la cabane sur le chien
éditions

À Luis et à Oscar.
M.-C. D.

À ma grand-mère, à mes parents et à mon frère.
O. D.

Madame Prout

Madame Prout n'a pas d'auto,
pas de vélo, pas de moto.

Elle ne se déplace

ni en patins à roulettes,

ni à bicyclette,
ni en mobylette.

Ni même à dos de chameau.

Mai 1945
Bobigny - Pablo Picasso
Chelles Gournay
Villiers-s-Marne Le Plessis Trévise
Église de Pantin
Porte des Lilas
Mairie des Lilas
Gambetta
Père Lachaise
Philippe Auguste
Croix de Chavaux
Alexandre Dumas
Robespierre
Porte de Montreuil
Charonne
Avron
Maraîchers
Buzenval
Boissy-St-Léger
Marne-la-Vallée Parc Disneyland
Nation
Porte de Vincennes
Picpus
St-Mandé Tourelle
Bérault
Bel-Air
Daumesnil
Michel Bizot
Château de Vincennes
Porte Dorée
Porte de Charenton
Liberté
Charenton-Écoles
École Vétérinaire de Maisons-Alfort
Maisons-Alfort Stade
Maisons-Alfort Les Juilliottes
Créteil - L'Échat
Créteil Université
Créteil - Préfecture
Maisons-Alfort Alfortville
Ivry sur-Seine
Pierre Curie
Bibliothèque François Mitterrand
Cour St-Émilion
Bd Masséna
Dugommier
Bercy
Gare de Lyon
Reuilly-Diderot
Faidherbe Chaligny
Ledru Rollin
Bastille
Rue des Boulets
Montgallet
Gare d'Austerlitz
Quai de la Rapée
Jussieu
Maubert Mutualité
Cardinal Lemoine
Place Monge
Censier Daubenton
Campo Formio
St-Marcel
Quai de la Gare
Chevaleret
Les Gobelins
Nationale
Place d'Italie
Corvisart
Glacière
Tolbiac
Porte d'Ivry
Maison Blanche
Porte de Choisy
Porte d'Italie
Mairie d'Ivry
Le Kremlin-Bicêtre
Villejuif Léo Lagrange
Villejuif P. Vaillant-Couturier
Massy - Palaiseau
Dourdan
St-Martin-d'Étampes
Versailles - Chantiers
Melun
Malesherbes
Orly Ouest
Orly Sud
Antony
Robinson
Gentilly
Cité Universitaire
Denfert Rochereau
St-Jacques
Port Royal
Luxembourg
Cluny La Sorbonne
Maubert
Mabillon
St-Sulpice
Sèvres Babylone
Rennes
St-Placide
Notre-Dame des-Champs
Montparnasse Bienvenüe
Vavin
Edgar Quinet
Raspail
Gaîté
Pernety
Mouton Duvernet
Alésia
Plaisance
Porte de Vanves
Malakoff Plateau de Vanves
Porte d'Orléans
Malakoff R. Étienne Dolet
Vaugirard
Convention
Porte de Versailles
Corentin Celton
Mairie d'Issy
Issy
Issy Val de Seine
Versailles - Rive Gauche Château de Versailles
St-Quentin-en-Yvelines
Balard
Lourmel
Boucicaut
Félix Faure
Commerce
Volontaires
Pasteur
Falguière
Gare Montparnasse
Cambronne
Sèvres Lecourbe
Ségur
Duroc
Vaneau
Av. Émile Zola
Charles Michels
Javel A. Citroën
Mirabeau
Église d'Auteuil
Michel-Ange Auteuil
Chardon Lagache
Exelmans
Porte de St-Cloud
Bd Victor
La Motte Picquet Grenelle
Dupleix
Bir Hakeim
Champ de Mars Tour Eiffel
Kennedy Radio France
Ranelagh
Jasmin
Boulainvilliers
La Muette
Passy
Pont de l'Alma
Trocadéro
Iéna
Rue de la Pompe
Victor Hugo
Av. Foch
Dauphine
Porte Maillot
Argentine
Les Sablons
Pont de Neuilly
La Défense Grande Arche
Levallois Bécon
Varenne
St-François Xavier
École Militaire
Quant au métro,
n'en parlons pas,
elle a horreur de ça !

Pourtant en janvier, en avril ou au mois d'août,
qu'il pleuve, qu'il vente ou qu'il fasse doux...

Madame Prout est toujours à l'heure
à ses rendez-vous.

Madame Prout a-t-elle un secret ?

Un secret bien gardé,
que nul ne connaît ?

Pour voyager, elle fait des pets !
En été comme en hiver,
tel l'éclair, elle fend l'air !
Et prouttt... Elle s'envole pour Valensole !
Et prouttt... La voilà partie pour Tahiti !

Avignon
BOUCHES-DU-R
Salon
Arles
Aix-En-Provence
Marseille
Draguignan
VAR
VALENSOLE
Toulon
17

Quelques secondes lui suffisent
pour aller sur la banquise.

Sa jupe en parachute
lui permet d'amortir la chute !

Mais chuuttt !...
Voilà le secret,
le secret bien gardé,

que nul ne connaît
de Madame Prout !

Madame Prout a bien de la chance !
Grâce à ses flatulences,
elle part en vacances dans toute la France !

MARSEILLE
AVIGNON
RER dans Paris
CARN
BUS
M
TICKET
RATP
NICE
SNCF
CARNET
T
dans Paris
LION
HOTEL SUBE
CAFE DE PARIS

Et même bien au-delà :
en Alaska...

ETHIOPIA
Lake Rudolf
Lodwar
Moyale
Marsabit
Great Rift Valley
Wajir
KENYA
Eldoret
Meru
Kisumu
Mount Kenya
Garissa
Nakuru
Lake Victoria
NAIROBI
Machakos
Lamu
Malindi
Indian
32
33

Au Kenya...

Au Costa-Rica !
RUINAS
45
cts
AEREO
COSTA RICA

Mais arrivée à Papeete,
faut pas péter !

La voilà coincée
à tout jamais
sous un cocotier !

Voilà le secret,
le secret bien gardé
qu'à Papeete,
tout le monde connaît...

De
Madame
PROUT

la cabane sur le chien

éditions

Ouvrage réalisé par « La cabane sur le chien », éditions jeunesse

Achevé d'imprimer en octobre 2005 sur les presses de l'imprimerie Simon à Ornans.

ISBN 2-9521946-6-1

www.lacabanesurlechien.com